청어詩人選 345

시(詩)를
멈추다

이승룡 시집

청어

시(詩)를
멈추다

시인의 말

시집을 내는 일이란 어쩌면
삶 속에 점철된 구슬 하나하나를 꿰어
세상에 내놓는 과정이란 생각이 든다.

막상 서 말의 구슬을 꿰고 나니
설렘보다 두려움이 더 앞선다.
이제 남은 것은 격려의 박수보다
감내해야 할 비난의 화살이
적지 않음을 잘 알기 때문이다.

등줄기가 시원하다.

2022년 여름날에
이승룡

시(詩)를 멈추다

2부 나, 잊고 있었네

3부 바보의 외침

4부   어떤 재회

1부

죽비(竹篦) 맞다

아, 살아온 날 부끄럼이어라
날 닮은 네 모습에 한 방 얻어맞고야
번뜩 나를 다시 흔들어 깨운다

금낭화의 꿈

산사 가는 길목
도란도란 붉게 핀 사연
뉘 묻거든

부처님오신날 연등 못 단 이들 위해
기꺼이 고운 연등 돼 줄 게라
그리 답해주시게

Photo by 세석

까치밥

단풍만큼 잘 익은
붉은 홍시 따는 아낙

시린 겨울 이겨내라
까치밥 몇 알 남겨놨다

가지 끝에 달려 있어
당최 못 따겠노라

손사래 치며
떠는
아낙의 저 너스레

궁합

봄을 알리려 앞다투며 움트는 건
남도에 어디 산수유 홍매뿐이랴
산과 들에 어디 쑥 미나리뿐이랴

바다에도 주꾸미 도다리들 저마다
몸집 통통 살찌우고 혹은 한가득 알을 품고
새봄 입맛 돋울 채비에 모두 다 분주하다

움츠렸던 갯것들 뭍으로 뛰쳐 나와
향기 가득 봄나물과 짝짓기에 나서는데 글쎄
주꾸미와 미나리 몰래 눈 맞아 손잡은 사이
도다리는 쑥을 점 찍어 합방에 드는 것이다

첨엔 동침하고도 무심한 갯것들은 몰랐으리
지가 풍겨내는 비릿한 내음 잠재우려
봄나물 향 뿜으며 제 짝 품었던 내조의 시간들

서로 뒤엉켜 뜨거운 시간 보내고 나서야
네 흥건한 체액 스미어 비로소
내 살점 속까지 적셨음을 알아차렸으리

누가 간택 잘했는지는 두고 볼 일이지만
저녁상 도다리쑥국에서 주꾸미무침에서
봄 향기 입안까지 가득 퍼져갈 것이다

그 틈새, 그놈

늦은 밤 별빛 희미한 틈새
아무도 보지 않는 골목길
씹던 껌 하수구에 퉤 하고 버린
그놈

달빛 구름에 가려진 그 틈새
한 잔 후 귀갓길 지퍼 내리고
담벼락에 슬쩍 실례하고 돌아서는
못된 놈

졸린 척 눈꺼풀 쳐졌던 가로등도
실은 민망하여 고개 돌렸을 뿐인데

양복 입고 넥타이 번듯하게 매신
지체 높으신 이 부장님
그
놈

죽비(竹篦) 맞다

어느 날 소파에 누워 TV 보는데
아들 녀석 모습에서 나를 보았네

머리통이 큰 것부터
다리통에 털 많은 거 하며
낄낄대며 웃는 모습까지 닮았다

런닝구 차림에
비딱하게 드러누운 모양마저
영락없이 빼닮아 혼자 빙긋이 웃었는데

그날 저녁 반찬 투정하며
엄마에게 대놓고 짜증 부리는 모습에서도
고스란히 나를 보아버렸네

아, 살아온 날 부끄럼이어라
날 쏙 빼닮은 네 모습에 한 방 얻어맞고야
번뜩 나를 다시 흔들어 깨운다

다시 입춘에

새해 아침, 새로운 다짐을 못 하면 어떠리
살다 보면
새해 첫날 몸져누워 꼼짝달싹 못 할 수도
때론 부부싸움으로 기분 망칠 수도 또는
새해 첫날인지조차 모르고 지날 수도 있지

누군들, 새해 첫 출발 떠오르는 일출 보며
희망찬 포부 가슴에 담고 싶지 않으리
이른 아침 법당에서 혹은 산 정상에서
정갈한 마음으로 기도하고 싶지 않으리

살다 보면
뜻한 대로 맘먹은 대로 되지 않기도 하지
암만, 내 맘대로 술술 굴러가지 않는 게
인생이라지 그런 게 인생이라지

정신없이 살다 보면 아차 하고 잊을 수도
알면서도 그냥 건너뛸 수도 있지
하여 어떤 이는 인생 삼세번이라 하지 않았더냐

누군가에는 새해 기도가 일출 다짐 따위가
한낱 사치일 수도 불공평일 수도 있어
그 옛날 선조들은 천년 혜안으로 다시
음력으로 정월 초하루도
새봄 알리는 입춘절도 만들어 놓았을 게다

그러니 늦은 게 늦은 게 아니다
음력 초하루에도 마음 새로이 하고 그 또한 아니 되면
봄기운 듬뿍 입춘절에도 맘 다시 가다듬는 거다
그래서 새봄과 함께 다시 힘차게 뛰는 것이다

가위바위보
—아빠의 수첩 1

십여 년 전 아차산 등산로 나무 계단
첫 딸아이 손 잡고 오를 때
종종 가위바위보 놀이를 했었지

가위바위보
딸아이 이겨서 먼저 한 계단 오르고
가위바위보
아빠도 한 번 이겨 한 계단 오르다가

마지막 두세 번은
딸아이가 좋아하는 바위를 내면
아빠 일부러 가위를 내어 져주곤 했지

계단 위에 먼저 올라
이겼노라고
폴짝폴짝 좋아하던 네가 생각난다

봄꽃들,
서로 잘났다고 앞다퉈 뽐내는 날

오늘은 너를 위해
또 어떤 '가위'를 내줄까

마애불에 부친 편지

선운사 계곡 따라
도솔암 가는 길에
돌탑 위
작은 소망 하나 얹어놓고

도솔암 마애불 앞
임을 향한 마음 적어
노란 연등에
편지 한 장 곱게 꽂아 놓았다

부처님오신날
연등에 불 켜지면
내 님이 다가와
이 마음 읽어보지 않을까

마중물

어린 시절 마당 옆 우물가
샘물 길어 올릴 적
뺌뿌에 먼저 붓던 한 바가지 마중물

밭 갈고 땀 흠뻑 젖은 아부지
콸콸콸 쏟아지는 지하수로
등목시켜 주시던
어무니의 사랑스런 속삭임
— 여보, 시원허우꽈*
— 어이구, 잘도 시원허다**

마중물 손 맞잡고 솟구치는 새 샘물
온 마당 촉촉이 적셔줄 때
잠시나마 세상 시름 잊게 해주던

아, 그리웁다 한 바가지 마중물
한 여름날 그 시원한 등목 세례

*시원허우꽈: '시원하세요?'의 제주 사투리
**잘도 시원허다: '너무 시원하다'의 제주 사투리

밴댕이 유감

참 기가 막혀 말이 안 나오네
니그들 쳐놓은 그물에 덜커덕 걸려
허우적대는 것도 억울해 죽겠는디

아니 글쎄, 인간 세상 나와 보니
지그들끼리 속 좁은 놈더러
밴댕이 소갈딱지라고 부르고 다니네
몸집 작은 것으로만 치면 이 바닥에
멸치 새우 망둥어 같은 녀석들도 많은디 말이여

그나저나 여보시오
내 속을 한 번이라도 본 적이 있소?
훤한 내장 속까지 들여다본 적이 있냔 말이오?
함부로 남의 속 들먹이지 마쇼
비록 덩치가 작아 내장까지 작을 순 있으나
소갈딱지라 부르는 니그들 족속처럼
적어도 속에서 구린내 풀풀 나진 않소

숯불 위 내 온몸 노랗게 구워지면
꼬리며 뼈며 심지어 그 소갈딱지마저
통째로 씹어 잡수시는 족속들이여
나중에 썩은 내 나는 방귀 나오면
날 잡수어 그런다고 뒤집어씌우지나 않을런가

일주문(一柱門) 낙엽 되어

한때는
찬란한 단풍으로
산객의 눈을 호강시켰다

신록이 우거질 땐
그늘 되어
누군가의 안식처가 되기도 했으리

새순이 돋을 때면
한 줄기 빛으로
가녀린 소녀의 꿈도 되지 않았던가

세월이 흐른 지금
쓸쓸한 낙엽 되어 내려앉아
일주문 지붕 위에 고된 몸을 맡겼다

어디서 날아온 무명초 풀씨
잘도 자라 안아주니
둘이 아닌 하나가 되었구나

*제1집에서

파김치

만원 지하철 출근하자마자
보고서 작성하랴
부장님께 불려가랴
결산대책 자료에 야근까지
파김치가 된 이 과장

퇴근 후
저녁 식탁 위 맞아주는 이
하필 오늘따라
축 늘어진 파김치

맞은 편 다소곳이 앉아
매콤한 놈 하나둘 찢어
숟가락에 얹어주는 손길에
어느새 녹아드는 하루의 시름

엇박자 통화

출근길 사나흘에 한 번씩
고향에 홀로 계신 어무니께 전화를 한다

안부를 여쭈면 당신은 늘 괜찮다며
아들 안부를 되레 묻던 어무니

잘 계시냐고, 큰아들이라고
추워지니까 보일러 켜시라고
아무리 큰 소리로 얘기해도

여보세요? 수현 애비라고?
추우니까 내려온다고?
아들 목소리 같긴 한데 차츰
보청기를 해도 잘 들리지 않으시는 게다

휴대폰으로 들려오는 목소리만으로
어디 편찮으신가보다, 잘 계시구나
엄니 컨디션을 어림짐작할 뿐이다

언제부터인가 익숙해진 엇박자 전화
– 엄니, 아들 이번 주말 제주도 내려감쑤다
– 뭐 이번 주 제사라고?
– 네, 엄니

속울음 꾹꾹 목젖에 넘기며
아무렇지 않은 척
난 오늘도 어무니와 엇박자 통화를 한다

만추(晩秋)

내장산 골짝 골짜기
오색 찬란 고운 단풍
부는 바람 따라
옷고름 풀어 헤쳐 흩날리고

산사 가는 길목
단풍에 취해 기분에 취해
가을비 우산 속 흥에 겨워
더불어 콧노래 부르다 문득

이 비 그치면 떨어질까
늦가을 옷자락 붙잡고
단풍 삼매 흠뻑 빠져
오래도록 여기에 머물고 싶어라

첫눈

누군가의 간절한 기도
천상에
맨 먼저 닿아
소리 없는
메아리로 오네

Photo by law3107

딸의 생일
−아빠의 수첩 2

고3이 뭐길래
열아홉 번째 생일날도 어김없이
학원 가랴 독서실 가랴
늦은 밤 생일 케이크 촛불 끄고
지쳐 잠든 너를 본다

영어 수학 백 점도
수능시험 1등급도 다 좋다마는
뭐라 해도 건강이 최고란다
쉬엄쉬엄하려무나

더운 여름날 고3 투정 한번 안 부리고
자정 종소리에 현관문 들어서며
외려 씰룩쌜룩 엉덩이춤으로
인사를 대신하는 귀여운 네 모습
아빠 참으로 고맙고 대견스럽단다

휴대폰 게임 TV 채널 막내에게 양보하고
언니 부탁 조건 없이 다 들어주는
하염없이 착한 둘째 딸
네 마음이 바로 천사인 게지

훗날 네게
세상 사람 다 등지는 일 있어도
어떤 고난 어떤 시련 닥쳐와도
아빠 언제 어디서나 늘 네 편이란다

내 딸, 생일 축하한다
그리고 사랑한다

붕어빵의 운명

짜진 틀 속에서
뜨거워도 숨 턱턱 막혀도
이 악물며 참고 견뎌냈다

숨 가쁜 여정 엎치락뒤치락 돌고 돌다
누런 몸뚱이 바깥세상 나와 보니
눈보라 치고 춥긴 매한가지

누군가의 허기를 걱정하여
다시 또 배곯은 이 입속으로
기꺼이 한 몸 던지는 운명이던가

눈발 내리는 날
나로 인해 너의 허기 채워졌다면
꽁꽁 언 손 녹여졌다면

목구멍 밑으로 뒤엉켜 들어가도
활짝 웃으며 갈 수 있으리
나, 웃으며 갈 수 있으리

염원

쭉쭉 뻗은 전나무 줄기
무언의 외침
구름 뚫어 천상까지 오르고

무릎 꿇고 합장한 석조보살
간절한 눈빛
월정사 9층석탑 꼭대기에 다다라

적광전 부처님 가만히
눈감아도
그 애절함 가히 아시겠네

그리워한다는 건

누군가를 그리워한다는 건
이젠 촌스런 감정이려니
애써 말려 비벼서
후우, 하고 불어 버렸는데

외려
바람 타고 밤하늘 가득
은하수로 아름답게 수를 놓네

누군가를 사모한다는 건
이젠 사치스런 생각이려니
억지로 눌러
쭈욱, 짜서 뭉개버렸는데

외려
산으로 하늘로 메아리 되어
걷잡을 수 없이 번져만 가네

화답

갑작스레 쌀쌀해진 늦가을 아침
어제도 그제도 종이 상자 줍는 할머니
궂은 날씨에도 어김없이 종이를 줍는다

장갑도 끼지 않고 일하시기에
안쓰러워 따뜻한 믹스커피 한 잔 드렸는데
고맙다고 몇 번이나 절을 하신다

오늘 아침도 변함없이 집 앞에 오셨는데 글쎄
검은 봉지 하나 들고 오더니
맛깔스런 귤 다섯 개나 가져오셨네요

손녀가 사다 준 거라며 얼른 건네주시곤
잰걸음으로 일터로 가신다
내가 귤 좋아하는 걸 어찌 아시고

한껏 물든 가로수 단풍나무 위로
하늘이 유난히 높고 아름답다

2부

나, 잊고 있었네

힘들고 주저앉고 싶을 때
기를 불어넣어 주던 지갑 속 편지, 엄니의 내리사랑
아들 딸내미 선물 고르며 엄니를 잊고 있었네
나, 잠시 엄니를 잊고 있었네

시(詩)를 멈추다

−백록담 설경

어떤 단어들 다 모아 적어본들
죄다 사족(蛇足)인 게지
시 쓰는 걸 잠시 멈출 수밖에

Photo by 임재영

부처는 어디에

천축산 우뚝 솟은 기암괴석
절 마당 앞 연못에 비친 모습
마치 부처님 닮아
불영사(佛影寺)라 했다길래

찾아오는 길손들 너나없이
연못가 몰려들어
부산스레 부처 모습 찾았건만
뉘 눈에는 보이고 뉘 눈에는 안 보이나

수행이 깊어져야
물속에 부처님 보인다는
노보살 농 섞인 한마디에
흠칫 도둑이 제 발 저려오는데

따사한 봄날 절 마당 뛰노는
동자승 앳된 모습에도
미소 띤 부처 얼굴 보이네

내 누이들

하기야 뭐 그땐 그랬지 모두 다 힘든 시절이었으니까
어무니 홀로 계신 고향 집에서 오랜만에 재회한 큰누
이, 안방에 걸린 아부지 사진에 먼지를 닦아내며 응어
리로 남아 있던 어린 시절 기억들을 더듬고 있다

뭘 그리 꾸물거리냐는 아부지 호통에 누이들 새벽녘
일어나 두어 시간 밭일 돕고 나서 등교 시간 늦었다며
씻는 둥 마는 둥 하고 울며불며 학교로 뛰어가던 날들

비가 온다는 라디오 일기예보에 비상이 걸려 우리 누
이들 늦은 밤까지 밭에 나가 별을 보며 감저 빼떼기*를
줍고 있을 때, 난 공부한답시고 책상머리에 앉아 책을
뒤적거리던 날은 또 몇 번이던가

군(軍) 출신이던 아부지는 참 완고하기도 하셨지
기상 시간 새벽 다섯 시, 통금시간은 저녁 아홉 시
어쩌다 한번 귀가 시간 조금이라도 늦는 날엔 가차 없
이 아부지는 부지깽이로 매를 들었었지

식사할 때마저도 어무니와 누이들은 부엌에 모여앉아
양푼째로 꽁보리밥을, 아부지와 나는 방 안에서 쌀밥
을 섞어 따로 먹었던 일 일들
누이들, 나 기억하오 또렷이 기억하오

지금은 모든 애증의 세월 넋두리 속에 녹이며 외려 술
을 좋아하던 아부지 안주 더 챙겨 드리지 못해 일찍 돌
아가셨다고 못내 아쉬워하는 큰누이의 목소리가 가늘
게 떨리고 있는 것이다

그 시절 다 그랬고 모두 힘든 때였지만 내 누이들 고생
많았지 참으로 고생 많았지 학교도 제대로 못 다니고
취업전선에 뛰어든 누이들 눈물겨운 희생 덕에 나 여
기까지 왔소

누이들, 미안하오 그리고 참으로 고맙소
잊지 않으리다 나 잊지 않고 살리다

*감저 빼떼기: 날 고구마를 납작하게 썰어 말린 것 (주로 소주 주정
으로 사용됨)

장미의 계절에 부치다

붉은 너의 입술에
한마디 말도 못 할 만큼
반해버렸다

붉은 너의 가시에
꼼짝달싹 못 하도록
찔려버렸다

붉은 너의 무덤 앞에
고개 숙여 서 있어도
무지무지
보고 싶다

붉은 눈물은 뒤로 감춘다

*고 노무현 대통령 서거 11주기를 추모하며

나, 잊고 있었네

귀국길 공항에서 부산떨다
지갑에서 툭 떨어진 부적(符籍) 하나

언제인가
엄니가 곱게 접어 넣어주셨던
빨간 글씨 노오란 종이 딱지

잊고 있었네 잊고 있었네

힘들고 주저앉고 싶을 때
기를 불어넣어 주던 지갑 속 편지
엄니의 내리사랑

아들 딸내미 선물 고르며
엄니를 잊고 있었네
나, 잠시 엄니를 잊고 있었네

물메기의 신분 상승

그래요, 생긴 외모로만 따지면
아귀나 우럭보다도 더 못생겨서
잡혔어도 도로 텀벙, 바다로 버려졌지요
오죽하면 별명까지 물텀벙이 되었을까요

살집이 단단하기로 쳐도
태생부터 하도 흐물흐물 물러터져
횟감이나 구이로도 인기 없어
배 위에서 다시 바다로 던져졌지요

한마디로
생선 취급조차 못 받는 신세였답니다
다행인지 불행인지 나름
종족 번식하며 사는 데 별 지장은 없었지요

세월이 흘러 사람들 입맛 유별나게 변해
숙취에 찌든 술꾼들 시원한 해장국으로
묵은김치 썰어 넣은 물메기탕으로
심지어 미식가들 즉석 횟감으로
바쁜 나날 속 어느새
서로 모셔가는 귀한 몸이 되었답니다

어디로 불려가든 아직은 낯선 식탁 위
어느 날 땅값 치솟아 졸부가 된 이들마냥
어색한 표정 혹은 모호한 표정 지으며
신분 상승이 된 몸값에 웃어야 할지
깡그리 잡혀 멸종 위기에 울어야 할지
매번 고민에 빠져 허우적대는 중이랍니다

부부란, 참

아들 진학 문제로 밤늦도록 티격태격
작은 일에 괜히 열을 올려
아내 입이 온종일 툭 튀어나왔다

지방 출장 내내 맘에 걸려
상경 길에 큰맘 먹고
멋쩍게 사 들고 온 진주목걸이

웬 목걸이? 엄청 비쌀 텐데
부산역에서 남들이 사길래 나도 샀어

맘에도 없는 말, 툭 내뱉어도
못 들은 척 슬그머니 걸어보며
거울 속 미소 짓는 당신

부부란, 참…

연꽃 인연

봉선사 연못에 핀
연꽃 하도 아름다워
파란(波瀾)의 세월 뒤로
세조대왕 광릉에 고이 잠들고

절 마당 파수꾼
오백 년 묵은 느티나무는
제 나이도 잊은 채
붉은빛 연꽃을 한껏 품었다

큰법당 편액 아래
비구니스님 아침 예불 삼매(三昧) 들어
곁눈 한 번 주지 않지만

합장한 손 내려놓고
아쉽게 돌아선 코끝에
어디선가 연꽃 붉은 향
아침 바람에 스치운다

*제1집에서

이제, 가을

하늘이 내려보낸 하얀 구름
슬머시 산등성이 내려앉으니
산은 이내
붉은빛으로 답하네

어무니 3

그저 바빴단 핑계 앞세우고
오랜만에 찾은 시골 고향 집
냉기 도는 구들방 안을
낡은 전기장판 벗 삼아
어무니 홀로 지키고 계시다

자주 못 뵌 죄스러움 담아
어젯밤 드렸던 하얀 봉투에다
몸빼 바지 주머니 속
구메구메* 모아둔 지폐 몇 장
외려 보태시며 손자 손녀 갖다주라
도로 내미시는 나무껍질 손

잘 계시란 작별 인사 채 건네기도 전
못난 아들 건강 먼저 챙기시는
그네 눈빛 바라보다 그만
울컥, 목젖에 걸려버린 한 마디
아, 어무니

*구메구메: 남모르게 틈틈이

아이야, 우지 마라

아이야, 우지 마라
네가 슬피 울면
곱게 쓴 하얀 히잡(hijab) 젖어든단다

아직은 앳된 얼굴
투정 부릴 나이 같건만
그리 큰 짐 짊어지고
엄마 품 떠나야만 하느냐

소녀야, 뒤돌아보지 마라
엄마 피울음 보고 나면
차마 발걸음 떨어지지 않는단다

가난이 죄라면 죄일진대
눈망울 초롱초롱
네게 무슨 죄가 있어
이국만리 타국으로 가야만 하느냐

하염없이 눈물바다
흐르다 지쳐버린 사슴 눈빛
차라리 해맑은 내 딸아이 닮아
어찌 네가 남이란 말이더냐

아이야, 우지 마라
대신 내가 울 터이니
아이야, 우지 마라

*인도네시아 자카르타 공항, 10대의 어린 소녀들이 타국에 파출부로
떠나는 모습을 안타깝게 바라보며

그녀 아버지가 철로에 나간 이유

한파가 몰아치는 어느 날, 그녀의 아버지는 신의주행 열차를 기다린다 어디로 떠나는 승객도 아니고 어엿한 열차 승무원은 더더욱 아니다

아버지는 남들이 보지 않는 철로에 서서 군량미(軍糧米)를 실은 화물열차가 지나가기를 애타게 기다리는 것이다 그가 기다리는 건 다름 아닌 열차가 덜컹거릴 때마다 쌀가마니 터진 귀퉁이로 조금씩 떨어지는 쌀 몇 톨이던 것이다

철로 따라 가뭄에 콩 나듯이 떨어진 쌀 한 톨 두 톨 한나절 내내 그가 주워 모은 쌀은 그나마 한 줌 정도… 해가 떨어지기 전 서둘러 귀가하는 그녀 아버지는 배고픈 가족들 얼굴이 하나둘 떠올랐을 것이리

그날 저녁 어머니는 물을 가득 넣고 죽을 끓인 덕에 다섯 식구의 허기진 배를 채우는 날이었노라고 털어놓는 그녀의 목소리는, 지금 서울 하늘 아래에서 북녘의 어린 시절을 회상하며 떨리고 있을 때 나도 끝내 참았던 눈물을 보이고 말았다

그녀는 단지 배가 고파 20년 전 북한을 탈출한 탈북민
이다 오늘 잠실 불광사에서 탈북민 법회를 마치고 점
심 공양을 같이한 후, 흩날리는 눈발 바라보며 마시는
한 잔 커피에 그녀의 지나간 회한들이 모두 녹아드는
것이다

취리히 연가

낙엽 뒹구는 취리히 거리를 거닐다
연이틀 느끼한 버터 빵 대신해 줄
새콤한 김치 생각 간절하던 차에

익숙한 글자의 반가운 한인 식당
흘러나오는 구수한 된장 뚝배기 내음
이내 입가에 침이 고인다

멀리 이국에서 만나보는 정겨운 목소리
― 여기요 참이슬 한 병 하고요
― 삼겹살 4인분 주세요

삼겹살 상추쌈 한입에 쏙 집어넣는
한국 아줌마 테이블 옆
위스키 마시듯 안주 없이 소주 두 병 시켜놓고
마냥 데이트 즐기는 취리히의 젊은 커플

지구의 반대편, 다른 색 눈동자의 두 여인
서로 힐끗 쳐다보며 무슨 생각 중일까
― 쯧쯧, 젊은것들 안주도 없이 청승맞네
― Oh my god, 저 아줌마 체통 없이 손으로 먹어대네

아뇨 아뇨, 아줌마 그게 아니라고요
No No, 파란 눈의 젊은 아가씨, 그건 착각이에요

— 여기요, 우리도 김치찌개에 소주 주세요
— 빨리 빨리요

아비 마음
—아빠의 수첩 3

올 대학 논술시험 채 끝나지 않은 날
아들 녀석 머리카락 보기가 싫었던지
당장 짧게 자르겠노라 왕고집 부리는데

시험 다 끝난 후에 자르라 말하자니
예민한 아들내미 기분이 상할까 봐
호탕한 척 마지못해 허락해줘 놓고선

긴 머리 자르면 혹시나 떨어질까
미역국 먹으면 행여나 미끄러질까
하이고, 철 지난 미신(迷信) 그 잘난 위력 앞

믿기도 그렇고 안 믿자니 찜찜한데
태연한 척하면서 저기 속인(俗人) 혼자 앉아
늦저녁 한잔 막걸리 속앓이를 하고 있네

쇄빙선(碎氷船)

끝없이 펼쳐지는
결빙의 남극 해역
얼음을 깨부수며
뱃길을 열어가네
추위야 저만치 가라 목적지가 눈앞이다

치열한 인생길에
앞만 보고 가는 길에
걸림돌도 장애물도
부딪치며 달렸노라
훼방꾼 모두 비켜라 내 갈 길 뉘 막으랴

식구란 이름으로

온 가족이 식탁에 모여
큰딸 임용고시 치르느라
수고했다며 술잔을 부딪칩니다

오랜만에 식탁 사방이
함박웃음 볼그레 퍼져
집안에 온기가 가득합니다

쌈하나 싸 입에 넣어주고
생선 살 발라 밥에 얹어주면
축 처졌던 어깨 쭉 펴지는 자리

기쁜 일 함께 기뻐해 주고
힘이 들 땐 손 내밀어
서로 어깨를 두드려 주니
그래서 식구(食口)인가 봅니다

낮달
−가버린 친구에게 부치다

구천을 떠도는 영혼이여
못다 한 미련 아직 남으셨는가
이제 훌훌 털어버리고
부디 극락에 가 편히 쉬고 계시게나

모교 교정에서

아침햇살 속
파릇한 운동장 잔디가
꾸물꾸물 일어나며
오랜만에 찾은 손님을 반겨준다

고무신 신고 뛰놀던 어린 시절
화단 앞 이순신 장군도
도서실 입구 책 읽는 소녀도
나만큼이나 나이를 더 먹고도
변함없이 그 자리다

딱지치기 잘하던 똘똘이와
짓궂게도 장난기 많던 맹꽁이
빠진 앞니 내보이며 히죽 웃던 쌍둥이도
금방 소리치며 달려 나올 것만 같은데

만국기 휘날리는 운동회 날
기마전 차전놀이 장애물달리기
공책 한 권 상품에
동네 사람들 응원하는 함성
눈앞에 다 보인다

지천명(知天命)의 문턱 넘어
들어선 추억의 4학년 2반 교실
내 짝꿍 순이랑 꼬마 의자에 다시 앉아
선생님 풍금 반주 맞춰
목청껏 교가(校歌) 한번 부르고 싶다

빈자리

바람이 지나간 숲길
나뒹구는 낙엽
못내 서럽고

늦저녁 산사 추녀 끝
흔들리는 풍경
처량히 우는데

그대 떠난 빈자리
홀로 앉아 상념에 젖는데
주책없이 가을비 내리네

파김치 2

처음 흙에서 움터
보들보들 새싹 시절 잠시 있었지만
줄곧 야생에서 자랄 땐
시퍼런 기세
하늘을 찌르고도 남았지

뿌리 송두리째 뽑혀도
속껍질 다 벗겨지는 순간까지도
파릇한 기운으로 버텨냈었지

끝내 붉은 양념 버무려지고
한 줌 소금에 어느덧
한풀 꺾여 누그러졌지
그렇게 누그러졌지

그래, 먼 길 오느라 수고했네그려
돌아보니 나름 잘 자랐나 보네
식탁 위 너나없이
식구들 환대받으니 말이여

3부

바보의 외침

갑자기 끼어드는 차 한 대 깜짝 놀라 홧김에
야, 이 새끼야 이런 싸가지 없는 놈아
욕이란 욕은 다 쏟아부었는데
이런, 정작 쌍욕 고스란히 듣는 이
같이 탄 아내와 딸 그리고 아들뿐이네

왕거미

여명을 벗 삼아
달랑 한 병 물 들고 나선
솔 향기 싱그러운 산책길

밤새 누군가 쳐놓은
촘촘한 삼중 그물
팔 벌린 채
길을 가로막는다

품고 온 삿된 욕심 놓고 가라
으름장 놓는 왕거미 녀석
아마 사천왕(四天王)보다 먼저
산사 지킴이 자처했으리

허허,
이른 아침 딱 걸린 불시검문
이내 다 털리고
내려오는 발걸음 마냥 가벼웁다

운수 좋은 날

일출 시간 알려주려는가
창문 틈 찬바람
기어이 들어와 잠 깨우며
자명종 노릇 대신하고

억지 뜬 눈으로 커튼을 펼치니
해운대 바닷가 새벽 기운
방 안으로 한꺼번에 밀려온다

오늘은 운수 좋은 날
이내 곧 찬란한 일출 파노라마
눈앞에 황홀하게 펼쳐지나니
얼떨결에 로또 대박 이 기분일까

짐작건대
어젯밤 좋은 꿈 꾸었을 터
내 님이 깜짝 선물 보내왔으리

산중 고백

사실 난
산이 좋아 정상에 오른 게 아니야
그대 건네주는
막걸리 한 잔 그리워 온 게지

미치겠네, 그 유혹

반야산 관촉사 은진미륵* 부처님
수백 년 묵언 수행 중인데

농익은 뒤태 빨간 단풍
엉덩이 씰룩거리죠

한들한들 노란 단풍
요염하게 눈짓하죠

앙증맞은 아기단풍
이리 오라 손짓해대니

미치겠네, 그놈의 유혹

수행하기 참 힘들도다
무더웠던 여름날도 잘 넘겼는데

*은진미륵: 고려 광종 때 38년의 불사 끝에 완성한 논산 반야산 관촉
사에 있는 거대한 석조미륵보살입상이다. (국보 제323호)

헬스장 풍경
－남자라는 족속들

이른 아침 헬스장 안, 축 처진 분위기 속
찰싹 달라붙은 운동복 차림에
쭉쭉빵빵 젊은 여성 한 명 나타나더니
갑자기 모든 시선 한곳으로 모여들더라

쪼그만 아령 든 채 헤벌레 입 벌리곤
대놓고 쳐다보는 백발의 영감님
침 좀 닦으이소

힐끔힐끔 안보는 척 쳐다보며
복부 근육 유난히 힘을 주는 젊은이
도도한 척하지나 말든가

러닝머신 타고 곁눈질로 눈 돌리다
벌러덩 자빠진 대머리 아저씨
아이고야, 창피해서 우짜노 우짜노

그 옆을 복대 매고 지나가던
나는 왜
그 잘난 가슴 근육 잔뜩 힘이 들어가는가

하여간, 남자라는 족속들이란…

이상한 엄마가 사는 집

우리 집엔 이상한 엄마가 산다

아들이 닭볶음탕 먹고 싶다 하면
번개같이 뚝딱 요리해 내놓는데
딸들이 라볶이 먹고 싶다 하면
식탁 위 반찬에 밥 퍼서 먹으라 한다
참 이상한 엄마다

갈치 한 마리를 구워도
아들은 먹음직스런 몸통 쪽을
아빠에겐 머리 쪽을 내어 주네
생선은 머리 쪽이 맛있다는 말을 하지 말든가
참 이상한 엄마다

늦은 밤 잔뜩 취해 귀가하면
나보다 술이 더 좋으냐고
바가지 박박 긁어대면서도
이른 아침 북엇국 시원하게 끓여 놓는

우리 집엔 참 이상한 엄마가 산다

오색연등 시집가네

부처님오신날
그리 고왔던
망월사 극락보전 앞 오색연등

쓸쓸한 가을날에
휘황찬란 단풍이랑 밤새 눈이 맞아
몇 날을 설레며 살랑이더니

합방하던 첫날밤엔
뭣이 그리 수줍은지
얼굴이 더욱 빨갛게 달아올랐네

자화상

지리산 법계사 부처님께
한껏 백팔 배 올리고
보시함 앞에서 지갑을 열어보니
오만 원 한 장에다 천 원짜리 두 장

고민하다
슬
그
머
니
이천 원을 보시함에 넣었다

하산길 해우소(解憂所)에 볼일 보고
일어서다 지갑 통째로
똥통에 빠트린 속인(俗人) 한 명

저기
터덜터덜 걸어가네

*제1집에서

78

스토커

사패산 능선 따라
나 홀로 산행길에

누군가 뒤를 밟는
기척에 돌아보니

그윽한 아카시아 향
슬며시 따라오네

밤꽃

아무리 밀쳐내도
씻기지 않는
밤꽃 내음 야릇해서

애꿎은 불쏘시개
휘저은들
타오르는 짚불만 야속한데

속 타는 과부 맘
모락모락
굴뚝 연기 무심하다

아침 햇살

바지런한 아침 햇살이
커튼 틈새 비집고 들어와
부스스한 머리를 긁어준다

억지스레 뜬 눈으로
지난밤 마셨던 맥주캔을 세는 사이
은밀한 곳 슬쩍 훔쳐보다 들켜버린
짓궂은 햇살 녀석

지친 마음 달래주려
밤새
이국 먼 길까지 달려왔다고
괜히 너스레를 떠네

모두 다 아빠 편

우리 집 식구들은 모두 다 아빠 편이다

기분 좋게 술 마시고 귀가한 어젯밤
큰딸 보고
아빠가 좋아? 엄마가 좋아?
손가락 하트 날리며, 난 아빠가 좋아

작은딸에게 물어봐도
엉덩이춤 추면서, 당근 아빠가 좋지

그래, 아빠 편 딸들은 용돈 만 원씩

무뚝뚝한 아들 보고도
엄마가 좋아? 아빠가 좋아?
잠시 고민하다 슬그머니 다가와
멋쩍어하며, 나도 아빠가 좋아

옜다 아들도 만 원이다

지켜보던 엄마마저 잰걸음으로 와
나도 아빠가 좋아, 만 원 내놔

우리 집 식구들은 모두 다 아빠 편이다

불알친구 경철이

청보리가 누렇게 익어가는 계절, 제철인 자리돔회를 한턱내겠노라 큰소리치는 동창회장 경철이가 소집한 번개 모임 날이다 오랜만에 모이는 자리라 서로 악수하고 껴안으며 다들 반갑다고 호들갑들이다 승정이 넌 왜 그리 흰머리가 늘었냐며, 승탁이는 왜 배가 남산만큼 나왔냐는 숙자의 핀잔에도 다들 웃음꽃 피우며 잠시나마 시름 잊는다

삼삼오오 짝을 지어 송악산 둘레길을 한 시간 남짓 돌고 오는 사이 경철이는 인근 팔각정에 자리를 깔고, 총무 경화와 함께 잰 손놀림으로 장만해 놓은 자리돔회와 자리돔초무침이 꽤 먹음직스럽다

모두가 정신없이 한잔 술에 자리돔회를 먹어 치우는 동안 마지막 순간까지도 도마에서 칼질을 멈추지 않는 경철이는 그저 친구들이 맛있게 먹어주는 것만으로도 마냥 즐거운 표정이다 키만큼이나 눈이 작아 웃을 때면 눈꺼풀이 거의 붙어 별명까지도 단춧구멍인 경철이 그래도 친구를 생각하는 마음만큼은 누구 못지않게 커서

베푸는 마음이 남다른 게 친구들이 다 그를 좋아하는
이유일 것이리

고향에 남아 비닐하우스 귤 농사를 크게 지으며 농업
경영인이 되어 멋진 삶을 살아가는 그의 여유 있는 미
소는 지금 송악산 팔각정에서 회를 열심히 썰어대는
순간까지 남아 있는 것이다

넘쳐나는 술잔에 분위기가 익어갈 무렵 엉덩이가 쳐졌
다는 경철이의 짓궂은 농담을 오히려 남편이 사준 보
정 거들 입었으니 다행히 똥배는 가려준다는 경화의
농익은 입담에도 모두 까르르 웃고 넘길 수 있는 것은
어느새 우리도 아저씨 아줌마라는 방증이 아닐까

내가 고향 제주를 자주 찾는 이유는 홀로 계신 어머니
를 뵈러 가는 것일 수도 있지만 사실 경철이처럼 아낌
없이 주는 푸근한 고향 친구들이 있기에 더 그럴지도
모르는 일이다

고향이 좋다

관악산 잣나무 숲 터
돗자리에 옹기종기
고향 사투리 깔아놓고
걸쭉한 막걸리 사발째 오간다

성님도 혼잔 헙써[1]
아시도 혼잔 허여[2]
솖은 물꾸럭도 하영하영 먹곡[3]
자리젯은 누게가 가정 와신고?[4]
사투리 안주에 감칠맛 배어난다

듬삭헌 돔배고기[5]
상추쌈에 마농[6] 하나 얹어놓고
옆자리 성님에게 먼저 한 입 권하노니
에헤야 디야, 술이 술술 넘어간다

입담 좋은 옆 마을 누이도
뚝배기 같은 향우회 회장님도
너나없이 우리가 되고
술잔 속 잣나무 향기 더해져
함박웃음 넘쳐난다

어머니의 된장국 내음 묻어나는
고향 사람들이 좋다
고향이 좋다

1)성님도 혼잔 헙써: 형님도 한잔하세요
2)아시도 혼잔 허여: 아우도 한잔하게
3)숢은 물꾸럭도 하영하영 먹곡: 삶은 문어도 많이 먹고
4)자리젯은 누게가 가정 와신고?: 자리돔젓은 누가 가져왔는가?
5)듬삭헌 돔베고기: 담백한 (도마 위의) 돼지고기 수육
6)마농: 마늘

사우나 풍경

턱턱 숨이 멎을 듯한
한증막 사우나 안
터줏대감 노릇 하는 모래시계

한 번 두 번
몸을 뒤집고 뒤집어도
땀 한 방울 흘리지 않는
반골의 너를 못 이겨
한 명 두 명
줄행랑치듯 빠져나간다

누가 먼저 무너지나
뻘뻘 땀 흘려가며
악으로 깡으로
5분 10분 더 버텨내고 있을 때

비쩍 마른 아제 혼자
은밀한 곳
수건 하나 덮어놓고
한 시간째
유유자적 드러누워 자고 있다

바보의 외침

가족 드라이브 가는 길에
갑자기 끼어드는 차 한 대
깜짝 놀라 홧김에
야, 이 새끼야
이런 싸가지 없는 놈아
욕이란 욕은 냅다 쏟아부었는데

이런,
정작 쌍욕 고스란히 듣는 이
같이 탄 아내와 딸 그리고 아들뿐이네

명태(明太), 그 빛나는 큰 이름

제 이름은 본래 명태랍니다 함경도 명천(明川)에 사는
태씨(太氏) 성을 가진 어부가 잡았다 하여 지어진 이름
이래요 어릴 적 새끼 때에는 노가리라고 부르더니 크
고 나서는 하도 여러 이름으로 불려 듣는 이조차 헷갈
린다고 합디다

생태 동태 북어 황태 흑태 먹태 강태 원양태 왜태 간태
짝태 관태 찐태 백태 깡태 파태 골태 무두태 낙태 봉태
애기태 중태 대태 반찬태 그물태 낚시태 일태 이태 사
태 오태 춘태 막물태 코다리 포란태 비포란태

때와 장소에 따라 저들 입맛에 따라 불리다 보니 글쎄
이름이 서른 가지가 훌쩍 넘어, 한번 쭉 불러보는데도
숨이 찰 지경이지요 누군들 굴비나 은어 같은 멋진 별
칭 하나 갖고 싶지 않겠소만 체통머리 없이 먹태 짝태
낙태로 마구 불려대니 기분이 좀 거시기 합디다

그럼에도 달리 생각해 보자면, 불리는 이름이 이리 많다는 건 어디 그냥 하찮은 생선이겠소 설령 고급진 생선 족보 반열에 턱 하니 오르진 못했어도 서민들 삶과 애환을 함께하는 그래서 가장 즐겨 찾는 바닷고기 아니겠소

그러니 다양한 이름을 가진다는 건 모든 이들에게 가장 사랑받는 생선이겠거니 시장에서 가장 인기가 많은 생선이겠거니, 라고 생각하기로 했지요
명태(明太), 그 밝게 빛나는 큰 이름이여

고속도로 하이에나

경부고속도로 상행선 갓길에
견인차 한 대 굶주린 하이에나처럼
뚫어지게 사냥감을 노려보고 있다

요놈들, 쓰러지기만 해봐라
쪼그만 토끼 같은 소형차도 좋다
육중한 코뿔소 트럭이면 더욱 좋다

부딪치고 쓰러지는 순간
득달같이 달려들어
너의 모가지를 재빨리 잡아채리라
그래, 쓰러지기만 해봐라

앞만 보고 달리는 도로의 야생동물들
너나없이 넘어지지 않고
제 갈 길 앞다퉈 가려 하는데

갓길에 웅크린 채
죽은 고기만을 애타게 기다리는
나는 정녕 굶주린 하이에나인가

산소 앞에서

아부지
손녀 수현이랑 왔수다 술 한잔 받읍써
수현이가 삼수 끝에 임용고시 합격하고 발령받았…

끝내 다 고(告)하지 못하고
주책없이 울컥해 버렸습니다

주냉이의 추억

서귀포시 대정읍 보성리, 우리 동네 이름난 오름 모슬봉은 예나 지금이나 일부가 마을 공동묘지 터이기도 하지만 어린 시절 우리에겐 주냉이*를 잡는 터전으로 먼저 기억되곤 하지

그때만 해도 먹거리가 변변치 않아 풀빵 하나 먹어 보는 게 최고의 군것질이었던 시절 친구들과 삼삼오오 주냉이를 잡아다 팔면 풀빵을 양껏 먹을 수 있을 만큼 짭짤한 용돈 벌이가 되었지 동네 불알친구 창규나 승목이처럼 경험이 많은 녀석들은 어느 소낭밭**에 주냉이가 많이 있고 어느 돌 밑에 주냉이가 많이 있다는 것도 알 정도로 고수들이었지

한번 나가면 보통 30여 마리는 거뜬히 잡고 많이 잡을 땐 80여 마리까지도 잡아 횡재하는 날도 있었지 재수 더럽게 없는 날엔 한나절 내내 잡은 주냉이를 옆 동네 고아원 형들에게 통째로 뺏겨 터덜터덜 맥없이 걸어온 적도 있었지
때론 주냉이에 물려 손이 퉁퉁 부어올라 눈물 흘린 적도, 커다란 돌멩이를 들추는데 뱀이 똬리를 틀고 있어 소스라치게 놀랐던 적은 또한 몇 번이던가

그래도 한 마리에 오십 원씩 값을 쳐주는 친구 명준이
네 주냉이집은 때가 되면 주냉이를 잡아 온 애들로 시
끌벅적거렸지 자그마치 이천 원을 벌어들인 날은 주냉
이집 바로 옆 풀빵 할머니 가게에 동그랗게 둘러앉아
풀빵이 누렇게 익어 나오기를 침을 삼키며 기다리다
할머니가 하나씩 건네주기 무섭게 그 맛난 놈을 잽싸
게 해치우곤 했었지

집으로 돌아갈 땐 풀빵 몇 개 챙겨 동생에게 가져다주
는 정이 있었고 번 돈의 일부는 저금까지 할 줄 아는
빈곤 속에도 여유가 있었던 그 시절. 지금은 안타깝게
도 어느 외지인의 손에 넘어가 번듯한 건물로 변해버
린 그 주냉이집과 풀빵 가게는 아련하게 우리 기억 속
에만 자리하고 있는 것이다

주냉이를 유난히 잘 잡던 친구 승목이, 고향을 굳건히
지키며 마을 이장님이 된 지금 오랜만에 고향 찾은 친
구를 반갑게 맞아주며 단골 대포 집에서 한잔 술 앞에
놓고 풀빵 한 조각도 나눠 먹었던 그 풋풋한 추억 속으
로 빠져드는 것이다

*주냉이: 지네의 제주 사투리
**소낭밭: 소나무밭의 제주 사투리

4부

어떤 재회

그네 뒷모습 쳐다보는 것마저 죄스러워
가던 길 멈추고 발길 돌리며
부는 바람에도 떨어지는 낙엽에도
잠시 묵언하라고 눈치를 주었는데
이내 곧
소리 없이 바람이 분다 낙엽이 뒹군다

역고드름

밤새 누군가
역린(逆鱗)을 건드렸나 보다
가끔은
세상이 거꾸로 돌아갈 때가 있지

너마저 그렇구나

Photo by 방랑자

봄앓이

남한산 토성길에 겨울비 내린 자리
시원한 바람 불어 이마 땀 씻어주고
따지기[*] 질펀한 흙길 봄기운을 전하네

능선길 고개 내민 버들개지 벗 삼아
콧노래 불러봐도 허한 맘 어이할꼬
뻥 뚫린 그대 빈자리 봄 향기가 채울까

*따지기: 얼었던 흙이 풀리려고 하는 초봄 무렵

어떤 재회

광교산 봉녕사 가는 오솔길
앳된 비구니스님에게 사바세계(娑婆世界)* 친구 찾아와
오손도손 같이 숲길을 걷는다

민얼굴에 밀짚모자 눌러쓴 가녀린 스님
화장 짙게 하고 긴 머리 늘어뜨린 친구와
반가운 듯 어색한 재회 중이다

무슨 사연 있는지 궁금해하지 않으리
무슨 얘기 나누는지 굳이 묻지도 않으리

진한 향수 내음 흘려보내고 긴 머리 휘날려도
섹시한 코트 차림에도 조금도 흔들리지 않는
우리 스님 지금 인욕(忍辱)** 수행 중이리오

그네 뒷모습 쳐다보는 것마저 죄스러워
가던 길 멈추고 발길 돌리며
부는 바람에도 떨어지는 낙엽에도
잠시 묵언하라고 눈치를 주었는데

이내 곧
소리 없이 바람이 분다
낙엽이 뒹군다

*사바세계(娑婆世界): 불교에서 우리가 살고 있는 세계를 일컫는 말
**인욕(忍辱): 이 세상의 온갖 고통과 번뇌 등을 참는 불교 수행법
의 하나

할아버지의 시계

송파요양원 어르신들 목욕시켜 드리는 날
302호실 최만복 할아버지는
지난주와 마찬가지로
내내 손목시계를 벗지 않는다

시계를 벗기려 손을 대면
으으 어, 아아 안돼
말씀은 잘못해도 힘을 주며 발끈하신다

때론 목욕물이 좀 차가와도
어쩌다 비누칠을 세게 해도
눈 질끈 감고 참으려는 모습 보이지만

손목에 비누칠하다가
시계를 살짝 건드리기만 해도
반사적으로 팔을 움츠리신다

최만복 할아버지는
다른 이에겐 한낱 구닥다리로 보일
시계를 목욕 시간 내내 벗지 않는다

먼저 간 임자에게 젊은 날 받았을
그 목숨보다 귀한

겨울 산사

첫눈 내리는 날엔
아련한 첫사랑 만나고 싶듯
올겨울 함박눈 소복이 내리면
눈 덮인 산사 가고팠는데

부처님의 가피 받았을까
흰 눈 펑펑 내리는 오늘
마곡사 일주문에 서 있음이여

어디가 태화산 계곡이고
어디부터 마곡사인지
굳이 따질 필요도 없다마는

해탈문에서 대웅전까지
응진전(應眞殿) 앞 향나무도
절 마당에 뛰노는 삽살개도
더불어 하얗게 하나가 아니더냐

대광보전 비로자나 부처님께
참배하지 않더라도
이미 내 마음
태화산 자락에 서서 깨끗해졌나니

그래,
첫눈 내리는 날엔
한 번쯤은
마음에 그려둔 겨울 산사를 찾을 일이다

*제1집에서

좋다

함박눈 내려서
좋다
세상이 하얘져
참 좋다
그대와 걸으니
더더욱 좋다

Photo by law3107

좋은 시 그리고 너

'내가 바람을 노래할 때
그 바람 그치기를 기다려
차 한 잔 끓여줄
고운 사람 하나
있었으면
좋겠다'

이 시가 너무 좋아
이른 아침잠 깨어 또 읽어도
나는 왜
—뱃살 좀 빼
—술 좀 작작 마셔
잔소리해대는 네가 생각이 날까

*'내가 바람을 ~ 있었으면 좋겠다': 시인 백창우의 시 「좋겠다」의
마지막 연

새벽을 여는 사람들

어둠을 몰아내는 시장 사람들
바쁜 발걸음 소리에
새벽안개마저 슬그머니 물러난다

며칠 만에 귀항했을까
제집으로 돌아온 배들
드러누워 휴식을 취하는 사이

시끌벅적 어시장 안
몸집만 한 참치를 나르는 장정들
유난히 힘이 넘쳐흐르고

선별하랴 바빠진 아낙들
잰 손놀림 틈새로
숨 고르던 작은 생선들 화들짝 놀란다

얼음 조각들 바닥 열기 녹일 즈음
알아듣기 힘든 경매 소리에 맞춰
상인들 손동작 앞다투며 올라간다

제값을 잘 받았을까
초조하게 기다리던 선장님
어느새 입꼬리 귀에 걸리네

좌판대 할머니

아침저녁으로 차가운 날씨
퇴근길 잠실나루역
할머니가 깔아놓은 좌판대 위엔
지나가는 바람이 제법 매섭다

오늘은 날이 궂은 탓인지
오가는 사람들도 그리 많지 않다
어쩌다 던져주는 눈길들만 있을 뿐

시간에 쫓겨 허겁지겁
모두다 제 갈 길 바쁜데
저녁 찬바람이 시름보다 더 깊은
할머니의 주름을 후벼판다

고개를 움츠린 채
가던 길 멈추고 뒤돌아보니
문득 떠오르는 시골집 어무니

할머니, 이 상추 얼마예요
깻잎하고 고추도 주세요

쓸데없는 걸 사왔다고
투덜대는 마눌님 잔소리에도
눈앞에 좌판대 할머니가 보인다
시골집 홀로 계신 어무니가 보인다

월아산 청곡사 이야기

남강에 청학(靑鶴) 한 마리
월아산 계곡(溪谷)에 날아든 곳
도선국사 절을 짓고
이름하길 청곡사(靑谷寺)라

고려 말 개선장군 이성계
앞마을 우물가에서 만난 여인
바가지에 버들 한 잎 띄워 바쳤다는
갈마정(渴馬井) 지나 일주문에 들어서면

어느 선지식의 혼, 붓끝에 쏟아부어
영취산 석가모니 설법 장면
한 땀 한 땀 그려 마침내 잉태한
오, 영산회(靈山會)* 괘불탱화(掛佛幀畵)**여

탱화 속 부처님 앞 다가서노라면
아, 온몸에 소름 돋는 경외감이여
자연스레 화폭 속 빠져들어
임의 사자후에 귀 기울이고 있나니

청학이 노닐던 방학교(訪鶴橋) 지날 때는
나도 한 마리 푸른 학이 되었노라

*영산회(靈山會): 석가모니 부처님이 인도 영취산에서 제자들을 모
아 설법하던 모임.
**괘불탱화(掛佛幀畵): 사찰에서 야외 법회 때 사용되는 의식용 대형
불화를 말하며, 불상을 그려서 걸 수 있도록 만든 탱화.

위안

정동진 바닷가 가는 길
등명낙가사 극락전에 들러

108배 아무리 올려봐도
허한 맘
못 채워 허기질 때

푸드득 까치 한 마리 날아와
재롱 피우며
지친 길손 달래주네

햇볕이 지지리도 따가운
괘방산 기슭의 늦은 오후

소신공양(燒身供養)

도봉산 회룡사 입구
부도 탑 하나둘
산사 지키며 서 있다

가던 길 멈추고
삼배 공양 올리러
합장한 채 다가서 보니

따사한 봄 햇살 아래
조팝 꽃 하얗게 제 몸 태우며
기꺼이 소신공양*하고 있다

*소신공양(燒身供養): 부처에게 공양하기 위해 자신의 몸을 불사르
는 것

너에게로 가는 길

1. 버선발

넌 아느냐
툇마루에서 앞마당 가로질러
사립문까지 내달리는 마중길이
이리도 멀게 느껴진다는 걸

2. 까치발

넌 모르리
담장 너머 그대에게 가는 눈길
뒤꿈치 한껏 들어 올린 만큼
내가 더 간절했다는 걸

너에게로 가는 길 2
−수양버들

그대 아무리 발버둥 쳐도
올 수 없는 처지임을 익히 아노니
나, 머리 헤쳐 풀고 허리 젖혀서라도
너에게 다가갈 수밖에

꿈 2

이국만리 꿈속에서
미소 짓는 님 보았네

시린 맘 보듬으려
먼 길 달려오셨네

오늘 밤
꿈속에서도
다시 찾아 주려나

잣나무 숲길에서

짙푸른 피톤치드 깔려 있는
축령산 휴양림 숲길 따라
솔향 벗 삼아 거닐어보라

부는 바람에
아그대다그대 달려 있는
도토리 떨어지는 소리
톡 토도독

잣나무도 힘에 부쳐
이따금 덤으로
큰 잣송이 떨어지는 소리
툭 투둑

어쩌다 밤알 하나둘
툭 탁
머리 위로 떨어지거들랑
그냥 웃으며 지나가거라

바위틈 다람쥐 가족
물끄러미 쳐다보고 있을 터이니

염화미소(拈華微笑)

산세 고운 계당산 봉우리 사이
철감선사 쌍봉사란 절집 짓고
크게 선풍(禪風) 일으킨 자리

삼층목탑 대웅전 부처님 곁
가섭·아난 존자 뵙고 나니
그 시절 그 미소 잡힐 듯이 보인다

먼 옛날 영취산 석가모니 부처님
말없이 연꽃 들어 보이실 때
그저 미소로 화답하던 가섭 존자
염화미소(拈華微笑)* 아니런가

마음에서 마음으로 전해지는 말
쌍봉사 삼층목탑에서 친견할 줄이야

*염화미소(拈華微笑): 말로 통하지 아니하고 마음에서 마음으로 전하는 일. 석가모니가 대중에게 연꽃 한 송이를 들어 보이자 가섭 존자만이 그 뜻을 깨닫고 미소 지으니 그에게 불교의 진리를 주었다는 데서 유래한다.

꽃비

벚꽃 흐드러진 호숫가
따사로운 햇살 아래 서면
가슴 저미도록
보고픈 사람이 있다

살며시 고개 든 꽃술 사이
꽃내음 가득 배어나듯
마음속 피어나는
어이할 수 없는 그리움

꽃비 흩날려 눈부신 날
함께 걷던 벚꽃 숲 아래
싱그러운 사월이 온다

엄니는 잘 계실까

두어 달 만에 찾아가는 시골 고향 집 날씨가 제법 쌀쌀
해지는데 엄니는 잘 계실까 방 공기 찬데 전기세 아낀
다고 또 보일러도 켜지 않고 지내지는 않으실까

안방 문 여는 소리에 전기장판 하나에 몸을 맡겼다가
천천히 몸을 일으키고 뒤늦게 아들인 줄 알아보시곤 손
꼬옥 잡으며 오는 데 춥지는 않더냐고 외려 아들 걱정
을 하신다 한참을 어루만지다가 많이 시장하겠다고 늦
은 시간 손수 저녁 밥상을 차리신다는 걸 애써 말렸다

얼마나 보고 싶었을까 얼마나 더 주고 싶었을까 귀가
잘 들리지 않은 지 오래지만 나름 건강해 보여 몰래 안
도의 한숨을 쉰다 수현이 정현이는 잘 있냐고, 준석이
는 공부 열심히 하냐고 손자 손녀 안부를 먼저 묻는 것
도 잊지 않으신다 그동안 홀로 지내며 궁금하신 건 또
얼마나 많으실 건가
이제 구순(九旬)의 문턱에 성큼 다가선 당신 정신줄 놓지
않으시고 버텨준 것만으로도 눈물겹게 감사한 일이리

이 겨울이 지나간 뒤에도 엄니의 애틋한 눈빛 남아 이
큰아들 알아보실 수 있을까 해가 바뀌어도 다시 겨울
이 와도 엄니는 이 불효자 손 꼭 잡아주실 수 있을까
손수 저녁 밥상을 차려 주실 수 있을까 조용히 기도해
본다
엄니의 그윽한 눈빛으로 차갑던 안방 공기 따스해지는
어느 겨울날 저녁

연화도

뱃머리 물살 갈라 연화도에 다다르니
낙가산 숲 산새들 반기며 노래하고
줄지어 핀 수국들이 산객을 유혹하네

연화사 마당에도 해수관음 가는 길도
형형색색 수국 향 온 섬에 가득하니
하이고, 연화장세계(蓮花藏世界)* 어디 따로 있으랴

*연화장세계(蓮花藏世界): 불교에서 말하는 청정과 광명이 충만되어
있는 이상적인 불국토(佛國土)

번뇌와 환희 속, 존재론적 성찰

손희락(시인, 문학평론가)

1. 시력(詩歷)과 시안(詩眼)

산과 산사(山寺)를 즐겨 찾는 이승룡의 시 원고를 통독하면서 시력과 시안에 대해서, 생각하게 된다. 문단 데뷔 이후, 언어를 매만진 세월이 어느 정도 흘러야지만, 타인의 마음에 깃들 줄 아는 시를 짓는다는 주장엔 평자도 일부분 동의한다. 한국시단에서 자아 시세계에 대한 인정을 받으려면, 땡감 삭히듯 언어가 농익은 시간도 필요하다. 문예잡지에 수록된 시를 읽으면서, 문인이든, 독자든 프로필 난을 주시한다. 등단 연도 확인 때문이다. 언제부터 그런 현상이 유발되었는지는 알 수 없다. 그러나 분명한 것은 언어의 형상화는 사물의 마음을 읽어 낼 수 있어야 성공한다. 시는 본 것과 느낀 것의 형상화이기 때문이다.

도봉산 회룡사 입구
부도 탑 하나둘
산사 지키며 서 있다

가던 길 멈추고
삼배 공양 올리려
합장한 채 다가서 보니

따사한 봄 햇살 아래
조팝꽃 하얗게 제 몸 태우며
기꺼이 소신공양하고 있다

　　－「소신공양(燒身供養)」 전문

　3연 9행으로 짜인 이 시는 마지막 한 줄에서 사물의
응시력(凝視力)을 확인하게 한다. "부도 탑 아래, 핀 조
팝꽃"과 마주친 시인의 의식은 현상을 초월한다. '하얀
조팝꽃'을 최고경지의 수도승으로 인식한다. 뜨거운
햇빛을 온몸으로 견디며 침묵하기 때문이다.
　화자는 '소신공양'하는 스님은 친견하지 못했겠지만,
회룡사 오르는 길에서 말로만 듣던 현장을 보았노라
진술한다. 사물의 이면을 깊이 있게 보고, 빗대어 형상

화하는 시적 능력, 이것이 시안(詩眼)이다. 시안은 가을 바람에 수십 번 흔들려도 저절로 밝아지지 않는다.

예리하게 보고, 깊이 있게 파고드는 시인들은 천부적 안목을 타고난 존재이다. 이런 관점에서 판단하면 언어 조형한 경력은 짧지만, 시안이 깊은 이승룡의 시를 평이하게 읽을 수는 없을 것 같다. 개념을 초월하여 사물의 본질을 파고든 그의 목소리엔 진리적 깨달음이 함축되었다.

시인의 상상력은 무한하다. 현실에선 "조팝꽃"을 보았지만, 시적 언어로 안치시킬 땐, "소신공양"의 현장으로 변용된다. 이 현장은 시인이 창조한 공간으로 시의 독자를 흡입하며 감동을 발산한다.

쭉쭉 뻗은 전나무 줄기
무언의 외침
구름 뚫어 천상까지 오르고

무릎 꿇고 합장한 석조보살
간절한 눈빛
월정사 9층 석탑 꼭대기에 다다라

적광전 부처님 가만히
눈감아도

그 애절함 가히 아시겠네

　－「염원」 전문

　이 시에서 '인간 보살'들은 은둔 되어 있다. ①쭉쭉
뻗은 전나무 줄기 ②석조보살좌상 ③월정사 9층 석탑
등이 이미지에 등장한다. 염불하는 사람, 염원하는 보
살들은 다 어디로 갔을까? 대웅전에서 절을 올리거나,
사찰 구석구석 행보하고 있겠지만, 화자의 의식 속에
서 고정된 사물로 변환된다.
　시인의 의식은 확장되어 전나무, 석조보살좌상, 9층
탑의 입을 열어 적광전 부처님께 기도하게 한다. 이 시는
전략적으로 씌었다. 표면상, 인간 보살은 제외된 것 같
지만, 인간 보살들을 위해 쓰인 작품이다. 사람이 기도하
고, 부처님이 그 염원을 듣는 익숙한 정황은 시적 매력이
감소할 수밖에 없다. 사찰 경내에 있는 고정 사물들이 기
도한다는 것은 아이러니이며 시적 호기심을 유발한다.
　시안을 통한 포착력, 의식을 동원한 관찰의 깊이, 표
현역량에 따라서 시의 생명력은 결정된다. 시 창작엔
시력과 시안, 둘 다 중요하겠지만, 화자는 사물을 변용
시켜 낯설게 하는 시법에 노련하다. 언어는 직설적이
지만, 상상력의 층위가 변화무쌍하여 시의 독자, 특히
'불자'들의 사랑받을 가능성이 엿보인다.

2. 시와의 만남 −운명 그 의미

불교 신도인 화자의 입장에서 판단하면, 직관으로 짠 시인의 옷을 입고 시를 짓는다는 것은, 상상 불가의 세계였는지도 모른다. 시는 운명의 언어이다. 언어를 조탁하는 시인이 된 것도 운명일 수밖에 없다. 자발적으로, 혹은 언어 기교적으로 탄생하는 것 같지만, 하늘이 정한 운명 없인 시인다운 시인이 될 수 없다. 인생프로필 장신구(accessory)로 인식하여 등단한 사람들은, 시집 한 권 내지 못하고 자동 도태한다. 이승룡은 번뇌와 환희가 교차되는 시점에서 '시인'이란 명찰을 패용했다. 자타를 일깨우는 문학의 길은 천형이며, 그의 업(karma)이다.

정동진 바닷가 가는 길
등명낙가사 극락전에 들러

108배 아무리 올려봐도
허한 맘
못 채워 허기질 때

푸드득 까치 한 마리 날아와
재롱 피우며
지친 길손 달래주네

햇볕이 지지리도 따가운
괘방산 기슭의 늦은 오후

-「위안」 전문

4연 10행으로 짜인 시에서도 시인의 몸뚱어리는 '사찰'에 있다. 화자의 삶은 사찰 중심이다. 황혼에 이르도록 어떤 삶을 살았을까. 유추해보면, 세상 쾌락에 빠지지도 않고, 고행의 삶에 전념하지도 않은, 중간지대를 걸어왔기에 심적, 영적으로 허기져 고뇌가 깊다.

이 시는 언제 썼는지는 알 수 없다. 시의 배경이 된 절의 위치와 육체적 행동, 심적 상태만 표출되어 있다. 2연의 진술을 주목하면, 심각한 허기가 감지된다. "108배 아무리 올려 봐도/허한 맘/못 채워 허기질 때"라고 진술한다. 불자가 108배를 올려도 환희심이 없고, 법문을 들어도 허기진다는 의미는 심적 패닉 상황이다.

등단 이후, 다작을 즐기는 이승룡의 현재 삶은, 자발적 치유 과정을 거쳐 어느 정도 허기를 면한 것 같다. 이 시에 등장한 '까치'처럼, 운명적 언어양식, '시'로 일부분 채웠기 때문이다.

화자의 시적 출발은 영적 위안인 동시에 새로운 이정표의 발견이어서 획기적이다. 시적인 본질과 삶의 본질 사이를 왕래하는 현재가 행복 절정 상태가 아닐까 싶다.

하늘이 내려보낸 하얀 구름

슬며시 산등성이 내려앉으니

산은 이내

붉은빛으로 답하네

—「이제, 가을」 전문

이 시는 단순 자연 속의 풍경일 수도 있지만, 내재된 의미는 이중적이다. 자연의 가을과 인생의 가을이 이중구조로 겹쳐진다. 인생, 젊음을 노래했던 가을이 지나면 그다음엔 겨울이 도래한다.

자연은 계절을 순환하지만, 죽음의 겨울 맞은 인생은 새로운 봄을 기대하기 어렵다. 선업선보(善業善報), 악업악보(惡業惡報)이기 때문이다. 이 시는 "하얀 구름 내려앉고, 붉은빛으로 화답하는" 특이한 정황이 포착된다.

이승룡의 시는 붉은 석양 아래서 운명에 화답하는 순종의 목소리이며, 허비한 삶에 대한 눈물이기도 하다. 시와의 만남은 '운명'이다. 인간으로 하여금 영원을 사유케 하는 시 짓기는 전생윤회에까지 영향을 끼친다는 것을 화자는 의식한다. 매끄럽게 기술적으로 쓸 것인지, 투박하지만 진솔하게 쓸 것인지, 그 선택은 자기 몫이다. 시의 독자는 언어유희보단, 시적 진솔함을 사랑한다.

3. 존재론적 성찰

이승룡의 시를 음미해보면, 삶의 본질에 관한 물음으로 일관되어 있다. 푸른 하늘 구름처럼 산사를 떠돌고, 계곡물에 번뇌 씻어가며 탐욕을 버리지만, 자아존재의 의미를 탐색하면 할수록, 고뇌와 슬픔이 연꽃처럼 피어난다. 인간은 두 종류로 구분된다. ①심각한 고민 없는 건성적인 삶 ②치열하게 탐구하는 존재론적 성찰의 삶이다. 화자의 시적 특징은 '존재론적 성찰'과 깨우침의 목소리로 독자에게 다가선다. 대충대충 살아가는 스타일은 아닌 것 같다.

어느 날 소파에 누워 TV 보는데
아들 녀석 모습에서 나를 보았네

머리통이 큰 것부터
다리통에 털 많은 것 하며
낄낄대며 웃는 모습까지 닮았다

런닝구 차림에
삐딱하게 드러누운 모양마저
영락없이 빼닮아 혼자 빙긋이 웃었는데

그날 저녁 반찬 투정하며
엄마에게 대놓고 짜증 부리는 모습에서도

고스란히 나를 보아 버렸네

아, 살아온 날 부끄럼이어라
날 쏙 빼닮은 네 모습에 한 방 얻어맞고야
번뜩 나를 다시 흔들어 깨운다

－「죽비(竹篦) 맞다」 전문

  아들과 아비의 모습을 연결시켜 쓴 시이다. 4연까지의
진술은 아들을 바라본 시적 정황이다. 아들에 대한 행
동 탐색도 과거 자신을 회상하며 사유한다. 5연의 진술
은 시적 묘미를 더한다. 자아에 대한 진솔한 반성이다.
인간의 자기반성, 자기성찰은 쉬운 것 같지만 결코 쉽지
않다. 협소한 세계에서 넓은 세계로, 닫힌 공간에서 열
린 공간으로 나아가려면, 자아성찰만큼 중요한 행위는
없다. 외모만 닮지 않고, 내적인 면도 닮아버린 아들의
모습에서 충격받은 시적 정황이다. 이 시는 언어적 기교
를 배제하여 씌었지만, 독자를 향한 파급효과는 상당할
것 같다. 아들이든, 딸이든, 자녀를 양육하지 않는 사람
은 거의 없기 때문이다. 시인은 덩치 큰 아들을 "죽비"라
고 표현한다. 죽비 맞다와 정신 번쩍 든다는 동일한 의
미이다. 시는 풀어진 진술보단 압축된 긴장감이 중요하
고, 시의 내용에 맞는 제목붙이기도 '좋은 시' 창작의 필

수 요소가 된다. 덩치 큰 아들이 '죽비'였다는 인식은 본
문에 낯설어 생뚱맞은 듯하지만, 멋진 취택이다.

늦은 밤 별빛 희미한 틈새
아무도 보지 않는 골목길
씹던 껌 하수구에 퉤 하고 버린
그놈

달빛 그름에 가려진 틈새
한 잔 후 귀갓길 지퍼 내리고
담벼락에 슬쩍 실례하고 돌아서는
못된 놈

졸린 눈 눈꺼풀 쳐졌던 가로등도
실은 민망하여 고개 돌렸을 뿐인데

양복 입고 넥타이 번듯하게 매신
지체 높으신 이 부장님
그
놈

－「그 틈새, 그놈」 전문

134

이승룡의 시적 반성이나 통찰은 반드시 자아를 포함한다. 이 시는 상황풍자이다. "그놈"이 세 번 등장하는데, 마지막 넥타이 맨 "그놈"은, 화자 자신이다. "이 부장님" 하고 호칭한 걸 봐서는 퇴직 전에 쓴 작품으로 유추된다. '이 부장'이 어떤 액션을 취했다는 구체적인 진술은 없지만, 위에서 껌 버리고, 소변 갈긴 존재들과 동일시된다.

시인은 인격과 성품이 고상한 존재이다. 독자의 시선이 예전 같진 않지만, 아직 '시인' 하면 존경을 표하는 독자가 많다. 화자는 이 시에서 자신을 낮추어서 말을 건다. '그놈'이 '그놈'이라는 인격 풍자는 세상에 별 놈 없어 엇비슷하다는 의미가 내포되었다.

시인은 시가 말할 수 없는 영역은 없다는 인식의 소유자이다. 시의 본래적인 기능은 실제이든 상상이든 간에 언어에 리듬과 운율을 입혀, 존재론적 성찰로 이끌어가는 것이다.

이 시는 풍자시의 기능에 부합한다. 남자치고 담벼락, 혹은 주차된 자동차 바퀴에 시원하게 안 갈겨본 인간은 거의 없을 것이다. 독자는 이 시를 음미하면서 자아 삶을 반추한다. 자신도 '그놈' 부류에 속한 까닭이다. 시인의 창작 의도는 단순하지만은 않다. 시적 상황 속, 내재된 메시지가 독자에게 닿아 일으킬 심적 반응, 그것을 노린다. 세상은 요지경이다. 삶은 속임이다. 그러나 인간은 자아 성찰을 통하여, 자아 반성을 통하여, 영혼 구원의 길을 찾아가는 특별한 존재이다.

4. 인연, 망각에 대한 자의식 회복

화자의 시를 관통하는 '목소리'는 불교적이다. 불교는 '인연'을 중시하는 철학인 동시에 종교이다. 이승룡의 시편들을 보면 인연이라는 단어가 많다. 생의 인연은 자아체험을 기반으로 회전한다. 다가왔다가 사라지는 자아 체험이 수반된 시적 메시지는 철학적이다. 삶과 이상 사이, 생과 불교 사이에서 고뇌한 탓에 시의 결미 부분엔 교훈적인 메시지가 어김없이 안착된다.

귀국길 공항에서 부산 떨다
지갑에서 툭 떨어진 부적(符籍) 하나

언제인가
엄니가 곱게 접어 넣어주셨던
빨간 글씨 노오란 종이 딱지

잊고 있었네 잊고 있었네

힘들고 주저앉고 싶을 때

기를 불어 넣어주던 지갑 속 편지
엄니의 내리사랑

아들 딸내미 선물 고르며
엄니를 잊고 있었네
나, 잠시 엄니를 잊고 있었네

–「나, 잊고 있었네」 전문

5연 12행으로 짜인 이 시는 누런 '부적' 이야기로 출발하지만, 모성사랑 망각에 대한 후회와 반성이 중심이다. 3연은 "잊고 있었네 잊고 있었네." 통탄의 한 줄로 구성되었다. 이런 언어 배치는 어머니의 사랑, 망각에 대한 통찰이 시의 핵심이라는 의미이다.

공항면세점에서 아들, 딸, 아내, 어머니의 선물을 누락 없이 준비해서 돌아갔겠지만, 화자는 삶에서 망각한 것들이 있지 않나? 묻고 있다. 약삭빠르게 사느라, 등 돌린 인연에 대한 회복, 고귀한 사랑 망각에 대한 회복, 그 회복이 중요하다는 인식이다.

화자의 시 의식은 정념(正念)에서 벗어나지 않으려 몸부림친다. 자의식에 의한 응시로 시가 창작되니, 누가 썼든지 간에 모든 시편들은 의식의 소산이다. 「나 잊고 있었네」 고백하는 이 작품도 이승룡의 의식소산임에 분명하다.

좋은 시는 타인의 마음을 파고든다. 잠시 "잊었다는" 표현엔 다양한 느낌이 파생된다. 시를 읽는 독자로 하여금 자아성찰을 유도한다. 정염의 염(念)은 무엇인가를 간절히 생각하는 것을 의미한다. 시 문장에서 '엄니'를 잠시 잊었다고 너스레 떨고 있지만, 일편단심 부모를 생각하는 염부모의 (念父母)의 삶을 살아 온 것 같다.

밤새 누군가
역린(逆鱗)을 건드렸나 보다
가끔은
세상이 거꾸로 돌아갈 때가 있지

너마저 그렇구나

–「역고드름」 전문

이 시에서 의식회복에 집중하는 이유를 유추하게 된다. "세상이 거꾸로 돌아갈 때가 있다"는 인식도 의미심장하다. 시의 결론 "너마저 그렇구나"는 시인의 고뇌, 시인의 갈등이 함축된 표현이다. 진리 역행하여 돌아가는 세상에서, 바로 서기 위해 발버둥 쳤다는 '자아

정체성'에 대한 고백이 감지된다. 인생 황혼 길에 시인
이 된 것은, 자아를 바로 세우려는 처절한 몸짓이다.
바른 사고, 바른 언어, 바른 인격의 회복 없이 개인적
종말을 맞을 수 없다는 깨달음(正覺) 때문이다. 자아회
복의 언어, 깨달음의 언어공유, 그것이 이승룡 시의 특
징이며 탁월함이다. 살아보니 거꾸로 매달린 것 같은
자아의 실체를 "역고드름" 동굴에서 발견한다.

지리산 법계사 부처님께
한껏 백팔 배 올리고
보시함 앞에서 지갑 열어보니
오만 원 한 장에다 천 원짜리 두 장

고민하다
슬
그
머
니
이천 원을 보시함에 넣었다

하산 길 해우소(解憂所)에 볼일 보고
일어서다 지갑 통째로
똥통에 빠트린 속인(俗人) 한 명

저기
터덜터덜 걸어가네

−「자화상」 전문

이 시는 자아체험으로 쓴 해학적 작품이다. 2연에서
수직으로 나열한 시각적, 형태적인 언어유희도 돋보인
다. 언어를 다루는 기교가 시적 연륜에 비해서 농익었
음을 확인하게 된다. 3연 똥통에 빠트린 속인(俗人) 한
명이란 진술은 심각하다.

속인이 누구인가? 진리를 깨닫지 못한 사람을 총칭
한다. 대표적인 인물은 자신으로 설정되었지만, 모든
인간을 수용한다. 악취 진동하는 속인의 소유는 궁극
적으로 "똥통"에 빠트려지는 것과 같다. 빈손으로 왔다
가 빈손으로 돌아가는 인생이기 때문이다. "저기/터덜
터덜 걸어가네" 결론 부분은 독자에게 각인된다.

이 시의 자화상은 시인에게서 점점 확장된다. 시를
음미하는 모든 독자의 자화상이며, 구원과 해탈의 방편
을 찾고 있는 인간의 자화상이다. 삶에서 이천 원만 쓰
고, 오만 원은 그대로 간직했다가 '똥통'에 빠트리고 가
는 어리석은 인생이 21세기 인간의 총체적 모습이다.
큰돈 오만 원을 쓰고, 푼돈 이천 원을 똥통(유산으로 물림)

에 빠트리고 가자는 시인의 메시지에 적극 동의한다.

5. 마무리

이승룡의 시는 체험적, 종교적 진리가 녹아있다. 고로 단 엿처럼 끈적끈적하다. 정독으로 당겨보고, 상상력으로 늘려보면, 진리적 메시지가 내포되어 있다.

「왕거미」, 「산중 고백」, 「스토커」, 「금낭화의 꿈」, 「부부란, 참」, 「부처는 어디에」, 「붕어빵의 운명」, 「만추」, 「마애불에 부친 편지」 등은 한정된 지면 탓에 일별하지 못했지만, 관심을 갖고 음미할 만하다.

반야산 관촉사 은진미륵 부처님
수백 년 묵언수행 중인데

농익은 뒤태 빨간 단풍
요염하게 눈짓하죠

앙증맞은 아기단풍
이리 오라 손짓해대니

미치겠네, 그놈의 유혹

수행하기 참 힘들도다
무더웠던 여름날도 잘 넘겼는데

―「미치겠네, 그 유혹」 전문

이 시에 나타난 의식은 "유혹" 때문에 내적 자아가
흔들렸으며, 넘어졌다는 깨달음이다. 시의 결미에서
"수행하기 참 힘들도다" 독백한다. 인생길, 외적, 내적
유혹은 눈감고 귀 닫아도 빨간 단풍 요염한 '눈빛'처럼
삶에 밀착된다.

모든 유혹은 번뇌와 환희를 동시에 선물한다. 인간
의 생은 고뇌의 연속이다. 범부(凡夫)의 삶은 온갖 고뇌
가 수반될 수밖에 없다. 시인은 제목에서 "미치겠다."
표현한다. 치열하게 싸웠지만 온전히 승리하지 못했다
는 겸손한 고백이다. 그러나 범부의 삶을 탈피하여 더
높은 차원에서 자아를 붙들고 투쟁하고 있다는 느낌이
든다.

이승룡의 시적 행보에 기대를 갖는 것은, 수행자적
치열함 때문이다. 화자의 시는 다양한 표정으로 독자
를 일깨울 것 같다. 자아의 구원(해탈)과도 연관 되는
생의 마지막 기회로 인식한 때문이다.

함박눈 내려서
좋다

세상에 하얘져
참 좋다
그대와 걸으니
더더욱 좋다

–「좋다」 전문

　고귀한 인연, 시와 함께 걷는 화자의 삶은 환희심으
로 충만하다. 시가 아니 찾아왔더라면, 심적 번뇌에서
탈피하지 못했을 것이다. 화자에겐 시가 운명이며 축
복이다. 불가에서 강조하는 '복 짓는' 행위와 동일하게
인식한다. 각 주제에서 자타를 일깨우는 '죽비'소리 요
란하게 들린다. 탁, 탁, 등짝을 후려쳐도 "좋다, 참 좋
다" 고통 속 환희를 표출한다. 시에서 표출되는 죽비소
리 경쾌할수록 이 세상의 일부분이겠지만, 하얗게 변
해 갈 것이다. 인연 닿는 독자의 정독을 권한다.

시(詩)를 멈추다

이승룡 지음

발 행 처 · 도서출판 청어
발 행 인 · 이영철
영 업 · 이동호
홍 보 · 천성래
기 획 · 남기환
편 집 · 방세화
디 자 인 · 이수빈 | 김영은
제작이사 · 공병한
인 쇄 · 두리터

등 록 · 1999년 5월 3일
(제321-3210002510019990000063호)

1판 1쇄 발행 · 2022년 8월 30일

주소 · 서울특별시 서초구 남부순환로 364길 8-15 동일빌딩 2층
대표전화 · 02-586-0477
팩시밀리 · 0303-0942-0478

홈페이지 · www.chungeobook.com
E-mail · ppi20@hanmail.net
ISBN · 979-11-6855-065-0(03810)